KB158244

문무학
한글자모시집

가나다라마바사

문무학

1982년 제38회 《월간문학》 신인작품상 당선으로 데뷔하여,
삶의 바다에 낚싯대 하나 걸쳐놓고
괜찮은 시 한 편 걸려들기를
느긋이 기다리고 있다.

캐리커처_이영철

문무학

한글자모시집

가나다라마바사

學而思 | 학이사

시인의 말

세상에 시가 되지 않을 것이 없지만, 시로 쓰지 않으면 안 될 것도 있다는 생각이 드는 것도 있다. 한글 자모가 그 후자에 속한다. 우리 한글 자모는 패션과 디자인, 그림과 무용, 영화의 소재가 되기도 했지만, 정작 문학에서는 우리말 자모를 시로 쓴 사람을 보지 못했다. 미국 흑인 여성 최초로 1993년 노벨문학상을 받은 토니 모리슨(Toni Morrison)은 '목마른 사람이 샘 판다' 는 우리 속담과 비슷하게, "당신이 읽고 싶은 책이 있는데, 아직까지 씌어 지지 않았다면, 당신이 그 책을 써야 할 사람임에 틀림없다."고 한 바 있다. 그랬다. 나는 한글 자모 시를 읽고 싶었다. 그래서 내가 썼다.

한글 자모를 바라보고, 읽어보고, 써보고, 이리저리 굴려보기도 하니까 그 메마르고 딱딱하기만 할 것 같은 기호 속에 우리네 들뜨고 기쁜 삶과 시리고 아픈 삶이 골고루 녹아 있었다. 외솔 최현배 선생이 작사한 '한글날 노래' 가사에 나오는 것처럼 그야말로 "새 세상 밝혀주는 해가 돋았"고 "그 속에 모든 이치 갖추어 있"어 "바른길 환한 길로 달려 나"갈 수 있을 것 같았다. 한글은 그래서 희망이었고 길이었다. 한글 겨우 아는 것, 오로지 한글 아는 그것만으로 평생을 먹고 살아온 사람으로서 이 한글이 너무 고마워서 한글을 위해 무엇인가 해야 한다는 생각을 한 것은 21세기가 오기 전이었다.

한글에 대한 고마움과 한글에 경의를 표하기 위하여 한글과 관련되는 여러 가지를 시로 쓰는 일을 요량하게 되었다. 2009년 상재한 『낱말』(동학사)은 낱말을 새로 읽고, 문장부호와 품사를 시로 쓰는 작업이었다. 이 작품들이 중·고등학교 검인정

교과서에 여러 편 실려서 보람을 주기도 했다. 2013년 「시와 반시」 기획시선, '시로 쓰는 자서전' 『ㄱ』은 내 시살이의 이력을 담은 것이지만, 한글에 경의를 표하고자 한글 닿소리의 첫소리 『ㄱ』을 시집의 제목으로 삼았다. 2016년엔 우리말의 '홑' 글자 108개를 시조 종장에 담아 '홑 시'라 부르며 『홑』(학이사)이란 시집을 묶기도 했다.

이런 연장선상에서 한글 닿소리 14자, 홀소리 10자, 사라진 자모 4자, 겹닿소리, 겹홀소리 16자, 겹받침 글자 11자, 모두 55자를 시로 써서 『가나다라마바사』란 시의 집, 한 채를 짓게 되었다. 너무나 소중한 소재였기에 두려움이 없지도 않았지만, 한글 자모에 우리 삶을 담아본 것은 내 생애에 의미 없는 일은 아닐 것이라고 믿는다. 어떤 의미를 불러올지 모를 일이지만 설사 그 의미가 작다고 하더라도 서운해 하지 않을 것이다. 내 스스로 해야 한다고 생각한 일을 한 것으로 스스로를 위로할 수 있을 테니까.

2020년 2월

문무학

차례

제1부

한글 자모 시로 읽기

닿소리

한글 자모 시로 읽기 · 1

— 닿소리 ㄱ

'ㄱ'은 기억한다 "서르 ᄉᆞᄆᆞᆺ디 아니" 했음을 "뜨들 시러펴디 몯 ᄒᆞᇙ"과 "어엿비 너겨"를 똑똑히 기억하려고 정음 그, 첫자리다

한글 자모 시로 읽기 · 2

— 닿소리 ㄴ

'ㄴ'은 한글 자모 두 번째 자리지만
세상 제일 먼저인 '나'를 쓰는 첫소리
첫자리 비워주고도 첫째가 될 수 있다

한글 자모 시로 읽기 · 3

— 닿소리 ㄷ

훈민정음 해례본이
두斗의 초성 같다 함은

'두' 하면 곡식이고
곡식이면 창고인데

다다음 연상聯想의 문을
미리 열어 두었다

한글 자모 시로 읽기 · 4

— 닿소리 ㄹ

'ㄹ'은

돌고 돌아

흐르는

물길이다

세월도

길도 삶도

'ㄹ'에

감겨있다

흐르고

또 흐르면서

풀리는 게

삶이다

한글 자모 시로 읽기 · 5
— 닿소리 ㅁ

1

윗입술 아랫입술 앙다물어 내는 소리
함부로 열지 말라고 사방을 다 막았다
'말' 자의 머리소리가 'ㅁ'인 까닭이다

2

마법의 모자는 'ㅁ'이 쓰고 있다
묘안도 묘책도 'ㅁ'에 갇혔는데
꺼내어 쓰는 모자에 월계수 잎 꽂힌다

한글 자모 시로 읽기 · 6

— 닿소리 ㅂ

1

'ㅂ'은 별자의 초성

초롱초롱 빛을 낸다

'별' 자 쓰다 획 하나를

놓치거나 겹쳐 쓰면

그 벌로 벌에게 한 방

쏘일지도 모른다

2

'ㅂ'은 비로 내려

강을 길게 흘리고

'ㅂ'은 별로 떠서

밤하늘을 밝히고

'ㅂ'은 밥이 되어서

사람들을 키웠다

한글 자모 시로 읽기 · 7

— 닿소리 ㅅ

'ㅅ'은 한자의 '사람人'을 닮았다

한글의 사람도 'ㅅ'으로 시작된다

뜻글자 소리글자가 내통한 혐의 있다

한글 자모 시로 읽기 · 8
— 닿소리 ㅇ

'ㅇ'은

둥글다

그래서

크고 넓다

'앞장' 서는

'앞' 자도

'강하다'는

'강' 자도

'ㅇ'에

엉겨 있어서

이끌어 갈

힘 세다

한글 자모 시로 읽기 · 9

— 닿소리 **ㅈ**

'ㅈ' 에는 자랑이 주렁주렁 달렸지만
자주자주 자꾸자꾸 자랑하는 버릇 들면
적막의 이름을 가진 손님맞이 해야 한다

한글 자모 시로 읽기 · 10

— 닿소리 **ㅊ**

'ㅊ'으로 시작되는
책에는 차례 있다

차례 따라 가고가면
지혜의 성에 닿아

참으로 풀리지 않던
삶의 의문 풀린다

한글 자모 시로 읽기 · 11
— 닿소리 ㅋ

'ㅋ'이 든 중심 말은
'크다'가 될 것이다

큰 것은 많은 것과
높은 것과 친해서

가끔씩 인간의 얼굴
숨길 때가 있었다

한글 자모 시로 읽기 · 12

— 닿소리 ㅌ

'ㄷ'에 한 획 더해 방을 하나 더 만들어

구석을 늘이니 틈이 또 불어나서

'ㅌ'은 틈새시장의 광개토왕 되겠다

한글 자모 시로 읽기 · 13

— 닿소리 ㅍ

'ㅍ'은 피와 평화 거대 담론 이루지만

피는 절대 평화를 불러오지 못하고

평화엔 피가 묻으면 꽃이 피지 않는다

한글 자모 시로 읽기 · 14

— 닿소리 ㅎ

'ㅎ'이 닿소리의
맨 끝자리 앉은 것은

살면서 끝까지
버리지 말아야 할

희망과 웃음소리의
첫소리기 때문이다

제2부

한글 자모 시로 읽기

홀소리

한글 자모 시로 읽기 · 15

— 홀소리 ㅏ

한글이 한반도면
'아' 자는 백두대간
아아峨峨한 높이에서
남서를 굽어들면
북녘에 이르기 전에
명치끝이 아려온다

아픔과 아름다움이
'아'로 시작되는 건
아픔 없는 아름다움
그 어디도 없다는 걸
알뜰히 알려주려고
함께 하는 것이다

소중한 사람들은

모두 '아' 자 권속이다

아버지가 그렇고

아내에 아들까지

세상사 중한 것들도

'아' 하나면 족하다

한글 자모 시로 읽기 · 16
— 겹홀소리 ㅑ

‘ㅑ’를 쓰는 글자에선
‘약’ 자가 참 보배롭다
획 하나를 빠뜨리면
‘악’ 소리가 나지만
제대로 쓰기만 하면
아픈 것이 낫는다

‘ㅑ’ 자를 곱게 쓰면
향기가 확 퍼진다
향이라는 말만 해도
코가 상큼해지고
더러는 뺨으로까지
불그스레 번진다

정성들여 ‘ㅑ’를 쓰면

양으로도 자란다

머리에다 ‘ㅇ’ 얹고

꼬리에 ‘ㅇ’ 달면

양들이 풀을 뜯으며

푸른 언덕 건너온다

한글 자모 시로 읽기 · 17

— 홀소리 ㅓ

어머니란 낱말이
'어'로 시작되는 것은

어어, 하고 놀랄 일
많고 많은 세상에

달래줄
사람은 오직
어머니, 그
뿐이라서

한글 자모 시로 읽기 · 18
— 겹홀소리 ㅕ

'여' 자에 붙으면
좋은 말이 여럿 있다
여기저기 여행하며
여유 있게 사노라면
삶에는 없는 여별을
넘볼지도 모른다

'ㅕ'가 'ㅂ' 안고
'ㅇ'을 꼬리 달면
아, 그만 병이 되니
아끼면서 즐겨라
사는 건 다 좋은 것으로
채워지지 않는다

한글 자모 시로 읽기 · 19

— 홀소리 ㅗ

'ㅗ'는 놀람이다
감탄이다 인정이다

'오'라고 동그랗게
입 한 번 벌리면

세상도 둥글어진다
용서가 쉬워진다

한글 자모 시로 읽기 · 20

— 겹홀소리 ㅛ

'ㅛ'를 쓰는 글자엔 '효' 있고 '욕' 있는데

'효' 자는 본체만체 '욕' 자와만 친했으니

그 욕만

돌려받아도

오래 먹고 살겠다

'ㅛ'는 귀여울 때 요것 봐라 하다가

'봐요·봐요' 지나서 '보세요'로 높이고

끝내도

끝나지 않는

연결의 요술 있다

한글 자모 시로 읽기 · 21

— 홀소리 ㅜ

'ㅜ'라는 홀소리는 울음의 몸통이지만

너와 내가 우리 되면 울음을 쫓아내고

튼실한

울이 되어서

울지 않게 되리라

한글 자모 시로 읽기 · 22

— 겹홀소리 ㅠ

세종대왕 만드실 땐

어감 어둔 겹홀소리

컴퓨터 생긴 후론

토끼 이빨 ㅠ가 되어

귀여움 나눠 가지네,

유유상종 ㅠㅠㅠ

유명해 지는 것도

ㅠ가 없인 불가하다

두 다리가 떠받친

모양새를 보아라

받침이 튼튼해야만

그 이름을 지켜낸다

한글 자모 시로 읽기 · 23

— 홀소리 ㅡ

평평한 땅을 본떠 그렇게 편하라고 사람의 아픔 슬픔 그

가운데 들어서서 아프고 슬픈 것들을 반반으로 나눈다

한글 자모 시로 읽기 · 24

— 홀소리 ㅣ

서
있
는
사
람
이
다
그
사
람
을
본
떴
다
소

리론오직중성없는듯도하지만‘ㅣ’소

리
없
는
글
자
는
키
가
작
아
보
인
다

제3부

한글 자모 시로 읽기

겹닿소리 · 겹홑소리

한글 자모 시로 읽기 · 25
— 겹닿소리 ㄲ

'ㄲ'이 꾸며내는 글자 중의 글자로 알록달록 피어나 곱디고운 '꽃' 자 있지만 요새 나는 이래저래 두 눈 뜨고 차마 못 볼 꼴 사납단 '꼴' 자에 마음이 더 끌린다

애시당초 내 삶이 꽃에서는 멀고멀어 언감생심 꽃자리를 꿈꾼 적도 없지만 꼴에 또 살아온 게 꼴값 떤 건 아니라고 꿀꺽꿀꺽 침 삼키며 되뇌고 있는데 꿈틀꿈틀 자존심이 아니지 아니지 말고 불쑥불쑥 추임새로 부추겨 주는데도 꾸역꾸역 목구멍을 치밀어 오는 말이 꼴값 맞아 꼴값 맞아 맞장구를 치고 있어 꾹꾹 재운 세월 몇 장 침 묻혀 들춰보니 아무리 내 얼굴에 철판을 깐다 해도 꼴값 떤 게 아니라고 끄덕일 수 없으니

꼴값도 꼴값 같잖게 떨고 만 것 같아라

한글 자모 시로 읽기 · 26

— 겹닿소리 ㄸ

'ㄸ'은 구획 정리 지적도 그것 같다

산 따라 물 따라 굽이치는 들과 강은 사람 따라 오는 돈, 돈 따라 오는 사람 떴다방에 와글와글 주고받고 받고 주고 이리 긋고 저리 긋고 왔다갔다 하고나면 산도 아닌 부동산이 산처럼 솟아올라 사람을 내려다보며 떵떵거리고 있으니

죽자고 따라가 봤자 가랑이만 째지겠다

한글 자모 시로 읽기 · 27

— 겹닿소리 **ㅃ**

'ㅃ' 엔 얼른 봐도 구멍이 숭숭하다

빵빵한 게 빈 것보다 백 배쯤은 더 좋다고 좋은 그것 채우려고 해서는 안 될 짓도 빨리빨리 어서어서 얼른얼른 설쳐대니 여기 뺑 저기 뺑, 뺑, 뺑 터지고 채우는데 거치적거리는 건 쥐도 새도 모르게 솎아내고 가지치고 자르고 내다버려 인정이 어디 있나 사정도 볼 것 없다 빵빵 위해 터진 뺑에 빵빵한 건 시름뿐

뻥뻥뻥 뚫린 구멍은 누가 언제 메꾸나

한글 자모 시로 읽기 · 28

— 겹닿소리 ㅆ

ㅅ겹친 ㅆ은 겹닿소리 다섯 중에 제일 많이 쓰여서 자주자주 만나는데 시프트키 누르고 힘주어 쳐대도 걸핏하면 ㅅ 하나 저 혼자서 튀어나와 ㅆ 든 욕지거리 달싹, 달싹거리는데 사전을 펼쳐놓고 노루글로 펄쩍펄쩍 뛰어가며 훑어보니,

싸각싸각, 싸근싸근, 싸글싸글, 싸락싸락, 싸목싸목, 싸물싸물, 싸작싸작, 싹독싹독, 싹둑싹둑, 싼득싼득, 쌀강쌀강, 쌀긋쌀긋, 쌀랑쌀랑, 쌀캉쌀캉, 쌈박쌈박, 쌈빡쌈빡, 쌍글빵글, 쌍긋빵긋, 쌍긋쌍긋, 쌍끗빵끗, 쌍긋쌍긋, 쌍글쌍글, 쌍동쌍동, 쌍둥쌍둥, 쌔근발딱, 쌔근쌔근, 쌔물쌔물, 쌜긋쌜긋, 쌜룩쌜룩, 쌜죽쌜죽, 쌩글빵글, 쌩글뺑글, 쌩글쌩글, 쌩긋쌩긋, 쌩긋빵긋, 쌩끗빵끗, 쌩끗뺑끗, 써걱써걱, 써근써근, 써글써글, 썩둑썩둑, 썬득썬득, 썰겅썰겅, 썰컹썰컹, 썰렁썰렁, 썰레썰레, 썸벅썸벅, 썸뻑썸뻑, 썽글뺑글, 썽글썽글, 씽긋뺑긋, 썽긋썽

긋, 씽끗뺑긋, 썽끗썽끗, 썽둥썽둥, 쏘곤쏘곤, 쏘뭇쏘뭇, 쏘삭쏘삭, 쏘알쏘알, 쏙닥쏙닥, 쏙달쏙달, 쏙싹쏙싹, 쏠깍쏠깍, 쏠닥쏠닥, 쏠락쏠락, 쏙살쏙살, 쏭당쏭당, 쏭알쏭알, 쐬락쐬락, 쑤걱쑤걱, 쑤군쑤군, 쑤석쑤석, 쑤알쑤알, 쑥덕쑥덕, 쑥떨쑥떨, 쑥설쑥설, 쑬꺽쑬꺽 쑹덩쑹덩, 쑹얼쑹얼, 쓰렁쓰렁, 쓰륵쓰륵, 쓰멀쓰멀, 쓰적쓰적, 쓱싹쓱싹, 씀벅씀벅, 씀뻑씀뻑, 씨걸씨걸, 씨근벌떡, 씨룩씨룩, 씨물쌔물, 씨물씨물, 씨불씨불, 씩둑깍둑, 씩둑꺽뚝, 씩둑씩둑, 씰끗쌜긋, 씰긋씰긋, 씰룩쌜룩, 씰룩씰룩, 씰쭉쌜죽, 씰쭉씰쭉, 씽글뺑글, 씽글뻥글, 씽글씽글, 씽긋뺑긋, 씽긋뻥긋, 씽긋씽긋, 씽끗뺑끗, 씽끗뻥끗, 씽끗씽끗

어이쿠!

이거 아니네,

ㅆ 든 글자 모두 입에 척척 들어붙어 말맛 우러나는구나, 이리 깊숙 저리 쏠쏠, 말맛에 정신 뺏겨 귀찮다 성가시다 나무랄 일 아니네

한글 자모 시로 쓰기 · 29
― 겹닿소리 ㅉ

'ㅈ'하나 자기와 또 하나의 'ㅈ'이 자기와 자기 되어 홀 아닌 짝이 된다

짝 되면 세상천지 다툴 일 없을 것 같지만 좋아도 너무 좋으면 다툴 일이 생기는 법 그럴 때 짜랑짜랑 큰 소리 내지 말고 짜장짜장 짜증나도 짜글짜글 볶지 마라

짝은 곧 '배우자' 아니냐, 마주 보고 배워라

한글 자모 시로 읽기 · 30

— 홀소리 ㅐ

'ㅐ' 소리는 'ㅇ' 만나 '아이' 준말 '애'가 된다

어버이 애먹이고 애끓이고 애태우는

'아이'가

'애'로 주는 건

바로 그런 까닭이다

한글 자모 시로 읽기 · 31

— 겹홑소리 ㅒ

‘ㅒ’ 소리는 ‘ㅑ’에 ‘ㅣ’가 어울린 거라는데
‘ㅏ’와 ‘ㅓ’를 합쳤다면 턱없는 소리 되나
아이구, 어떻게 하면 죽이 척척 맞잖아

그건 또 그렇다 치고 ‘애’는 또 ‘아이’라
아버지 어머니 없이 ‘아이’가 어디서 오나
이토록 절묘한 이치 외면하기 어렵잖아

한글 자모 시로 읽기 · 32

— 홀소리 ㅔ

'ㅔ'가 'ㄴ' 안으면
내 아닌 네가 되고

'ㅐ'가 'ㄴ' 안으면
네 아닌 내 되는데

네 콩과 내 콩이 그래
그 얼마나 다르랴

한글 자모 시로 읽기 · 33

— 겹홀소리 ㅖ

'ㅕ'가 'ㅣ'를 업고 'ㅇ'을 앞세우면
던져진 의견에 동의하는 '예' 되지만
예
예
예
자주 하다간
나를 잃어버린다

'예' 만 하면 한세상을 편히 살 것 같지만
편한 것은 옳은 것에 미치지 못하는 것
아
니
오

할 수 있어야

내가 나를 지킨다

한글 자모 시로 읽기 · 34
— 홀소리 ㅘ

'ㅘ' 머리에 동글동글
'ㅇ'을 얹으면
너와 나를 묶어서
우리로 만들 듯이
떨어져 있는 것들이
굴러온다 둥글둥글

사랑을 약속하는
선남선녀 이름에
험한 세상 건너갈
다리를 놓아주니
'ㅘ'에는 외로움 아예
끼어들 틈이 없다

겹홀소리 'ㅘ' 머리에
'ㄱ' 갖다 얹으면
먼 것과 가까운 것
구분치 아니하고
그 사이 조이고 조여
나란하게 앉힌다

이를테면 사랑과 이별
아득한 그 거리도
사랑에 이별 있듯
이별에도 사랑 있어
'과'라는 음절 하나로
묶어낸다 단단하게

한글 자모 시로 읽기 · 35

— 겹홑소리 ㅙ

'ㅙ' 소리는 궁금궁금 캐내고 밝혀냈다

자연이 숨긴 신비 '왜' 로 풀지 못했다면

우리가

사는 세상이

이리 편해 졌겠느냐

'ㅙ' 소리는 꼭꼭 잠긴 문을 활짝 열었다

아무도 '왜' 라고 묻지도 않았다면

우리가

사는 세상이

이리 환해 졌겠느냐

한글 자모 시로 읽기 · 36
— 홀소리 ㅚ

‘ㅚ’가 ‘ㅇ’ 만나면 외로움을 만들고
‘ㅚ’가 ‘ㄱ’ 만나면 괴로움을 만드니

‘ㅚ’는
꼭 ‘ㄲ’ 만나
꾀부려야 되겠다

한글 자모 시로 읽기 · 37

— 겹홀소리 ㅝ

흐르는 세월은

'ㅝ'에 안겨있다

한 해 시작 1월도

끝나는 12월도

'ㅝ'가 든 훨훨에 실려

가고 가고 또 간다

가는 세월 원망도

'ㅝ'를 품고 있다

원한다고 멈춘다면

그게 어찌 세월이랴만

그 세월 원수 같아도

잡고 싶지 않으냐

한글 자모 시로 읽기 · 38

— 겹홀소리 **ㅞ**

'ㅜ'와 'ㅓ'에 'ㅣ'까지 겹 넘은 세 겹 모음
겹에 겹이 싸여 소리 퀙 높아진다
사람이 많이 뭉치면 일이 되는 이치다

'퀭' 자는 기운 없음에 가까울 것 같은데
퀭한 눈빛은 깊어서 그윽하다
그 어디 쏟을 것 다 쏟은 그런 뒤끝 같아서

이것저것 모으는데 'ㅞ' 없이는 어렵다
영어도 멀티미디어 웹이라고 부르는데
뭉쳐야 산다는 말을 그냥 한 게 아닌 갑다

한글 자모 시로 읽기 · 39

— 홀소리 ㅟ

팍팍한 이 세상에 언제라도 부족한 건

'ㅟ'가 뼈대 되는 위로와 위안이라

누구든 그 누굴 위해 종소리를 내야 한다

한글 자모 시로 읽기 · 40
— 겹홀소리 ㅢ

'ㅢ'는 겹닿소리
가로 한 줄 세로 한 줄
뚝딱 만든 의자 같다
앉으면 편하겠다
사람을 편케 하는 건
복잡한 게 아니다

뚝딱 만든 그 의자에
'ㅎ'이 와 앉으면
버리곤 살 수 없는
희망 피어나겠다
사람의 꿈이 되는 건
먼 곳에 있지 않다

제4부

한글 자모 시로 읽기

사라진 자모

사라진 자모 시로 읽기 · 1

— 아래아 (·)

하늘 본 떠 한 획으로 또렷하게 찍었지만

반절표 끝에 앉아 '아래 아'로 이름 달고

제 소리 낸 듯 만 듯해 사라지고 말았다

사라진 자모 시로 읽기 · 2

— 순경음비읍 (ㅸ)

아랫입술 윗입술
닿을 듯 말 듯 열어

날숨 쉴 때 나는 소리
그 이름 순경음비읍

순이랑 관계없는데
왜 순이가 생각나지

사라진 자모 시로 읽기 · 3

— 된 이응 (ㆆ)

된 이응 여린 히읗 이름이사 많아도

이응과 히읗 사이 그 어디도 붙지 못해

한자어 표기에서나 설핏설핏 보이다가…

사라진 자모 시로 읽기 · 4

— 반치음 (ᅀ)

뾰족뾰족 성질깨나
부릴 것도 같은데

소리 내는 그곳도
잇소리 반이라서

'ㅇ'에 둘러싸여서
숨 못 쉬고 사라졌다

제5부

겹받침 글자의 풍경

겹받침 글자의 풍경 · 1

— ㄳ (몫 / 삯)

여럿에서 나누어 내 것 되는 것이지만
'몫' 자엔 표해야 할 뜻 은근하게 깔려있다
겹받침 ㄱㅅ이 들고 있다. '감사'를

차를 타면 찻삯 내고 배를 타면 뱃삯 냈다
'삯' 자는 돈 버는 길 밑자리로 딛고 있다
겹받침 ㄱㅅ이 얹혀있다 '고생'에

겹받침 글자의 풍경 · 2

— ㄵ (앉다 / 얹다)

'앉다'와 '얹다'는
글자도 또 발음도
거기서 거기란 말
앉혀도 될 듯한데
뜻으론 위와 아래로
서로 달리 움직인다

앉으려면 낮춰야 하고
얹으려면 높여야 하는데
사람 사는 세상에서
정말 높은 자리는
낮추고 낮춘 다음에라야
겨우겨우 앉을 수 있다

겹받침 글자의 풍경 · 3

— ㄶ (못지않다 / 마지않다)

너에게 내가 절대 못지않다 싶다가도
네가 먼저 내 마음을 덥혀놓고 나서면
난 그만 못지않단 말 차마 할 수 없구나

그리하여 사람아 너에게로 쏠리는 맘
사랑해 마지않는다고 말할 수도 있으련만
아직은 해야 할 말로 아껴둬야 하겠구나

겹받침 글자의 풍경 · 4

— ㄺ (읽다 / 늙다)

읽는 건 익는 것이다
늙지 말고 익어가자
읽기를 멀리하면
더 빨리 늙을 지니
늙다가 읽다가 하다 보면
익어가지 않겠는가

강을 읽고 산을 읽고
사람을 읽다 보면
강과 산 사람이
무에 그리 다르랴
읽다가 늙다가 하다 보면
강산 닮아가겠지

겹받침 글자의 풍경 · 5

— ㄻ(젊다 / 닮다)

젊음은 누군가를 닮아가는 시간인데
닮아야 할 사람은 비켜가고 싶었고
닮아선 안 될 사람은 좇아가고 싶었다

돌아보면 그것이 젊음의 젊음이었는데
이제는 비낄 것도 좇을 것도 없으니
젊은 것 그것 말고는 닮고픈 게 없어라

겹받침 글자의 풍경 · 6

— ㄼ(넓다 / 얇다)

넓어서 나쁠 것은
없을 것도 같지만
머잖아 너와 내게
재앙으로 올 것 같은
사람과 사람 사이가
너무 넓지 않은가

얇은 건 그 모두가
좋잖을 것 같지만
그 누굴 미워하는 맘
두꺼우면 어쩌니
얇아서 서러울 일이
조금도 없잖은가

겹받침 글자의 풍경 · 7

— ㄹㅅ(곬 / 외곬)

강물이 그 언제 제멋대로 흐르며
물고기가 또 언제 함부로 논다더냐
강물도 물고기 떼도 곬을 따라 움직인다

이리가다 저리가고 저리가다 이리 오면
이리도 다 못 가고 저리도 다 못 가니
이저리 헤매지 말고 외곬 가야 끝이 있다

겹받침 글자의 풍경 · 8

— ㄾ(핥다 / 훑다)

핥는 건 사랑이다
말로 못 할 사랑이다
어미 소가 송아지를
어떻게 키우던가
오로지 핥고 핥아서
사랑하지 않던가

사람은 위아래로
훑어보지 말아라
'훑' 자는 복잡해서
얼른 보면 헷갈린다
찬찬히 보고 또 봐야
바로 읽지 않겠느냐

겹받침 글자의 풍경 · 9

— ㄿ(읊다 / 읊조리다)

시는 왜 읽는다 않고
읊는다고 하는가
읽는 것은 눈이 하고
읊는 것은 목이 해서
가슴에 더 다가서라는
그런 뜻은 아닐까?

가슴으로 가는 소리는
크게 나지 않는다
그 누가 사랑을
고함질러 고백턴가
나직이 읊조려야만
가슴에 가 닿는다

겹받침 글자의 풍경 · 10

— ㅀ(잃다 / 앓다)

잃어서 좋은 것은 어디에도 없지만
잃지 않고 사는 길이 있을 리 만무하다
얻은 것 잃어가는 것 그것이 곧 삶이다

내 몸 어디 한구석도 앓아 좋을 곳 없지만
앓지 않고 사는 길도 이 세상엔 없는 것
앓아도 견뎌야 하는 그것이 또 삶이다

겹받침 글자의 풍경 · 11

— ㅄ(값 / 없다)

'값' 자와 '없' 자는 받침들이 똑같다
그래서 두 글자의 만남은 달갑잖다
만나면 값없어지니 참 딱한 일 아닌가

사람의 만남에도 다를 게 크게 없어
같은 게 많으면 더 좋을 것 같지만
다른 게 많은 사람과 손잡아야 새롭다

작품 해설

시대를 밝히는 초롱불 같은 시 *

박 진 임

문학평론가. 평택대 교수

---

* 이 원고는 《시조정신》, 2019년 하반기호 "시대를 밝히는 초롱불 같은 시"와 《문학청춘》 가을호 "시조는 언어예술이며 철학이며 역사다"를 필자의 허락을 얻어 재수록한 것이다.

시를 읽기 어려운 시대가 다시 온 듯하다. 책에서는 찾아보기 어려운 극적인 사건들이 우리 주변에서 연달아 일어나고 있다. 국민 모두가 언론 보도에 주목하면서 마음의 평화를 찾기가 어렵다고 한다. 한국 사회가 보여주는 진보와 보수 세력의 대결 양상은 해방 직후를 방불케 한다고도 한다. 세월호 침몰 사건과 박근혜 전 대통령 탄핵이 일어나던 시기, 한국 출판계는 심한 불황을 겪었다고 들은 바 있다. 상상 속의 사실들보다 더욱 엄청난 사건들이 현실 속에서 일어날 때 사람들은 재현된 현실에 관심을 갖기 어렵다. 소설보다 더욱 호기심을 자극하고 반전이 연속되는 현실을 직접 목격하기 때문이다.

지난 60년간의 압축 경제 개발이 우리 사회로 하여금 물신 숭배 주의에 빠져들게 만들었다면 2019년, 우리는 압축 민주화가 불러온 진통을 겪고 있는 듯하다. 이런 어두운 시대, 그래도 우리는 재현된 현실에 유의할 필요가 있다. 따로 텍스트에 재현된 현실은 실제로 경험하는 현실보다 구체적이고 생생하다. 문학의 존재 이유를 스스로 증명하듯 우리 시대를 증언하는 문학 작품은 더욱 정교하게 다듬어지고 있다.

소설의 주기능이 현실의 재현이라면 시의 주기능은 시대의 예언이라 할 것이다. 시는 어제의 사실을 그리기도 하지만 오늘을 읽고 내일을 예언하는 언어들로 구성되어 있다. 러시아의 한 시인은 "미학은 미래의 윤리학"이라고 언급한 바 있다. 앞으로 다가올 날들의 바람직한 삶을 예언하는 기능이 예술의 본질에 속해 있다는 뜻이다. 어두운 시대, 초롱불처럼 스스로 빛을 내는 언어들을 시에서 찾아볼 수 있다. 시는 개인적 정서가 언어로 발화된 문학 장르이다. 그러나 시는 삶을 살아가는데 필요한 철학적 사유를 제공하기도 하고 시대를 반영하면서 전망을 제시하기도 한다.

문무학 시인은 언어의 본질과 기능을 분석하며 언어의 능력을 예언하는 언어철학자이다. 우리말의 자음과 모음이 지닌 소리의 맛을 하나하나 찾아내고 이름을 붙인다. 모든 '음音'들이 각자 하나의 세계와 그 나름대로의 우주를 지니고 있음을 보여준다.

함께 상상의 비행선을 타고 그 우주 속을 유영하며 새로운 생명의 기운을 얻어 나누어 갖자고 독자들에게 속삭이는 듯하다. 그동안 한결같이 진행해오던, 낱말의 자모 읽기를 끝내고 겹소리를 탐색의 대상으로 삼고 있다.

한글 자모 시로 읽기 · 40

— 겹홀소리 ㅢ

'ㅢ'는 겹닿소리
가로 한 줄 세로 한 줄
뚝딱 만든 의자 같다
앉으면 편하겠다
사람을 편케 하는 건
복잡한 게 아니다

뚝딱 만든 그 의자에
'ㅎ'이 와 앉으면

버리곤 살 수 없는

희망 피어나겠다

사람의 꿈이 되는 건

먼 곳에 있지 않다

겹받침 글자의 풍경 · 1

— ㄳ(몫 / 삯)

여럿에서 나누어 내 것 되는 것이지만

'몫' 자엔 표해야 할 뜻 은근하게 깔려있다

겹받침 ㄱㅅ이 들고 있다 '감사'를

차를 타면 찻삯 내고 배를 타면 뱃삯 냈다

'삯' 자는 돈 버는 길 밑자리로 딛고 있다

겹받침 ㄱㅅ이 얹혀있다 '고생'에

시인은 겹홀소리 'ㅢ'와 겹받침 글자 'ㄳ'(몫 / 삯)의 존재의미를 묻고 답한다. 먼저 겹홀소리는 서로 의지하고 기대어서만 존재 의미가 더욱 부각되는 사람살이를 그리고 있다. 하나가 눕고 다른 하나가 곁에 서면 만들어지는 겹홀소리 'ㅢ'에서 의자의 이미지를 읽는다. 의자는 사람이 몸을 올려놓고 등을 댈 수 있게 만드는 도구이다. 혼자 드러눕기만 해서도 홀로 서있기만 해서도 만들어질 수 없는 것이다. 서로 다른 능력과 재주를 타고 났다면 각자의 잠재태를 실현시키고 아울러 타자의 그것까지 수용하라고 이르는 듯하다.

나이지리아 작가 치아만다 아디치(Chiamanda Ngozi Adichie)가 상기시킨 바가 생각난다. 동물은 등이 가려우면 나무 껍데기에 제 등을 문지른다, 그러나 인간은 상대방에게 긁어달라고 한다. 의자를 이루는 받침과 등처럼 두 모음이 적절히 어울려 이루는 겹모음의 철학이 또한 그와 같지 않겠는가? 혼자서는 이룰 수 없으나 둘이 어울려 빚어내는 새로운 것들로 세상은 풍요롭지 않겠는가?

겹받침 'ㄳ'을 바라보는 시인의 시선은 타자에 대한 배려와 나눔의 정신을 향한다. 공동체를 유지해 나가는 데 필요한 공생의

요건을 '삯'으로 표현한다. 몫의 연유를 찾으면서 삯의 의미를 함께 고려하는 겹받침 'ㄳ'의 철학이 'ㄳ'(몫 / 삯)에 드러나 있다. 그러므로 겹받침의 가르침은 노블레스 오블리주(Noblesse Oblige) 정신을 시로 형상화했다고 할 수 있다. 몫에만 관심을 두고 삯을 망각한 채 살아가는 우리 시대 삶에 대한 비판으로 읽힌다.

현존하는 자음과 모음만이 아니라 흔적만 남기고 사라져간 소리 또한 시인은 채록한다. '사라진 모음 시로 읽기' 연작이 그 소리를 향한 추모사로 읽힌다.

사라진 자모 시로 읽기 · 2

— 순경음비읍(ㅸ)

아랫입술 윗입술

닿을 듯 말 듯 열어

날숨 쉴 때 나는 소리
그 이름 순경음비읍

순이랑 관계없는데
왜 순이가 생각나지

이제는 사라져 버리고 곁에 없지만 그 부재의 대상을 소환해내는 것이 있다. 냄새. 색깔, 소리… 우리의 오감에 남아, 설명할 수 없으나 분명히 존재했던 것들이 문득 되살아나곤 한다. 사라진 자모, '순경음비읍'에서 시인이 '순이'라는 이름을 떠올리는 것도 그런 이유에서일 것이다. 나타난 순이라는 모호한 존재가 그 사라진 자모의 자취와 긴밀히 얽혀있다. 초장과 중장에서는 순경음비읍의 존재 양상을 언어로 그려낸다. 그런 다음 돌연히 '순이' 라는 이름을 지닌 기억 속의 존재를 호명한다.

대상 혹은 정경의 묘사에 초 중장을 바친 다음, 돌연 방향을 바꾸어 주체의 서정을 읊어오던 시조의 전통이 위의 텍스트에서 부활하고 있음을 볼 수 있다. 매우 현대적인 방법으로 재해석된

전통의 등장일 것이다. 같은 듯 다른 형식, '온고지신溫故知新'은 이런 미덕을 위해 준비된 말은 아닐는지 모르겠다. 문무학 시인은 텍스트를 통하여 우리말 자모의 고고학을 구현하는 시인이라 할 수 있다.

시대의 혼란이 암흑이라면 우리의 시인이 부리는 언어들은 초롱불이 되어 길을 밝힌다. 어둠이 짙을수록 작은 초롱불 빛의 힘은 더욱 강할 것이다. 먼 길 가는 나그네가 절망하지 않고 계속 걸을 수 있는 것은 저 멀리 어슴푸레 보이는 불빛이 있기 때문이다.

언어예술로서의 시와 시조

'K-팝'의 인기로 인하여 한국어를 배우려는 외국인들이 늘어난다고 한다. 대중문화가 일반인에게 지니는 호소력이 매우 크다는 것을 보여주는 사실이다. 우리의 경우에도 마찬가지였다. 안정효 소설가의 『할리우드 키드의 생애』를 읽어보면 할리우드 영화와 영어 팝송을 들으며 미국 문화를 내재화해온 우리 한국인들의 모습을 볼 수 있다.

그런데 한국 문화의 깊은 맛은 우리 전통문화 속에서 더욱 쉽게 찾을 수 있다. 우리말이 지닌 자연스러운 리듬감은 전래하여 온 민요나 시조 혹은 판소리에서 가장 잘 나타난다. 2019년 봄호 《나래시조》에서 최도선은 지적한다. "힙합을 좋아하는 아이들, 흥이 넘치는 DNA를 지니고 있는 이 민족들의 후손들이 시조를 읊조리며 어깨춤을 추며 살아갈 수 있는 터전을 마련해줘야 하지 않을까."

우리말의 가장 유연하고도 자연스러운 면모가 시조나 민요 등 고전 시가 장르에서 잘 드러난다. 유튜브에서 찾아볼 수 있는 송순섭 명창의 '흥보가'가 그 한 예이다. 그 판소리 연행 장면 아래에 등장하는 댓글이 흥미롭다. "힙합보다 멋있다."고 적혀있다.

국문학자 조동일 교수가 어린 시절 듣던 우리 민요를 노래하는 장면을 본 적 있다. "귀야 귀야 가마귀야, 지리산 속 갈가마귀야" 하고 그는 노래했다. 그 짧은 노래 마디에 드러나는 말의 재미에 주목해보자. 귀, 가마귀, 갈가마귀로 이어지는 말의 유희가 참으로 흥미롭다. '귀'는 아직 의미를 형성하지 못하는 음절이다. 문법적으로 정합성에서 일탈한 표현이다.

그러나 그 음절은 뒤따르는 '가마귀'와 '갈가마귀' 어휘에 의해 한 박자 늦게 뜻한 바를 드러내게 된다. 그렇다면 그 '귀' 음절은 청자의 호기심을 자극하여 노래하는 사람에게 주의를 기울이게 만드는 환기장치라고 볼 수 있다. 그렇듯 먼저 무심한 듯 발화하고 이어서 시간의 경과를 두고 발화자의 의도를 드러낸 다음 그 드러낸 바를 더욱 구체화하는 3단계의 구조가 짧은 노랫말 속에 들어있음을 확인할 수 있었다.

우리 민요, 그 중에서도 이야기를 지니는 서사구조가 외부의 도전, 그 도전에 대한 응전, 그리고 화해의 3층위로 구성되어 있다고 조동일 교수는 또한 밝히고 있다. 시조단이 유념할 것은 우리 전래의 노래가 지니는 의미를 찾고 그 전통을 이어나가는 데에도 있겠다. 그러나 말 그 자체의 속성을 헤치며 말의 재미를 찾고 우리말이 지닌 아름다움을 지키고 키워나가는 것도 또한 중요하다고 본다. 그와 같은 맥락에서 문무학 시인이 지속적으로 발표하는 「한글 자모 시로 읽기」는 매우 흥미로운 텍스트이다.

한글 자모 시로 읽기 · 6

— 닿소리 ㅂ

'ㅂ'은 별자의 초성

초롱초롱 빛을 낸다

'별' 자 쓰다 획 하나를

놓치거나 겹쳐 쓰면

그 벌로 벌에게 한 방

쏘일지도 모른다

문무학 시인은 소리의 음가를 세심히 살피면서 그 소리가 지니는 고유한 분위기를 그려 낸다. 동시에 어떤 특정한 소리가 불러일으키는 상상의 세계를 재현한다. 우리말을 갈고 다듬는 일을 국어학자와 더불어 시인과 소설가들이 열심히 해오고 있어 우리말의 내포와 외연이 더욱 심화되고 확장되고 있다. 더욱 강조되고 부단히 지속되어야 할 작업이라고 본다.

프랑스 영화 〈파리의 딜릴리〉를 보았다. 영화의 한 장면에 하늘에 날던 탈것에서 내려오는 어린아이들의 모습이 있었다. 그 아이들을 안아주는 부인은 하나씩 예쁜 이름으로 그들을 호명한다. 내 아기 돼지(moncochon) 내 인형(ma pupe´e), 내 천사(mon angelot)…, 문득 우리말에서 그런 어휘에 맞먹는 말이 있나 생각해보게 되었다.

아이들의 어여쁨에 대한 경탄을 가득 담은 호명의 언어가 무엇일까 찾아보았다. 그리고 깨달았다. "이놈"이 "어린이"로 변화한 것이 불과 한 세기 안팎의 일이라는 것을, 우리의 시인 소설가들이 필자로 하여금 그런 생각이 필자의 무지의 소치임을 깨닫게 해주었으면 좋겠다. 당장 머릿속에 떠오르는 사랑의 명칭은 별로 없었다. 혹자는 드물게 그와 유사한 이름으로 어린이를 불러보겠지만 우리 문화 속에서는 그 호칭이 매우 부자연스럽게 들릴 것이라고 생각해보았다. 어여쁜 언어로 아름다움을 마음껏 그려내고 그런 어휘가 곳곳에서 교환되는 문화의 시절이 빨리 오기를 기대한다.

수록 시 발표 지면

· 한글 자모 시로 읽기 · 1 - 닿소리 ㄱ _《시조 21》, 2019. 봄호

· 한글 자모 시로 읽기 · 2 - 닿소리 ㄴ _《시조 21》, 2019. 봄호

· 한글 자모 시로 읽기 · 3 - 닿소리 ㄷ _《시조 21》, 2019. 봄호

· 한글 자모 시로 읽기 · 4 - 닿소리 ㄹ _《시조 21》, 2019. 봄호

· 한글 자모 시로 읽기 · 5 - 닿소리 ㅁ _《시조 21》, 2019. 봄호

(둘째 수는 발표 이후 덧붙임)

· 한글 자모 시로 읽기 · 6 - 닿소리 ㅂ _《나래시조》, 2019. 봄호

(둘째 수는 발표 이후 덧붙임)

· 한글 자모 시로 읽기 · 7 - 닿소리 ㅅ _《나래시조》, 2019. 봄호

· 한글 자모 시로 읽기 · 8 - 닿소리 ㅇ _《나래시조》, 2019. 봄호

· 한글 자모 시로 읽기 · 9 - 닿소리 ㅈ _《나래시조》, 2019. 봄호

· 한글 자모 시로 읽기 · 10 - 닿소리 ㅊ _《나래시조》, 2019. 봄호

· 한글 자모 시로 읽기 · 11 - 닿소리 ㅋ _《서정과 현실, 2019. 상반기》

· 한글 자모 시로 읽기 · 12 - 닿소리 ㅌ _《서정과 현실, 2019. 상반기》

· 한글 자모 시로 읽기 · 13 - 닿소리 ㅍ _《서정과 현실, 2019. 상반기》

· 한글 자모 시로 읽기 · 14 - 닿소리 ㅎ _《서정과 현실, 2019. 상반기》

· 한글 자모 시로 읽기 · 15 - 홀소리 ㅏ _《좋은시조》, 2019. 봄

(셋째 수는 발표 후 덧붙임)

· 한글 자모 시로 읽기 · 16 - 겹홀소리 ㅑ _《좋은시조》, 2019. 봄
· 한글 자모 시로 읽기 · 17 - 홀소리 ㅓ _《좋은시조》, 2019. 봄
· 한글 자모 시로 읽기 · 18 - 겹홀소리 ㅕ _《좋은시조》, 2019. 봄
· 한글 자모 시로 읽기 · 19 - 홀소리 ㅗ _《좋은시조》, 2019. 봄
· 한글 자모 시로 읽기 · 20 - 겹홀소리 ㅛ _《좋은시조》, 2019. 봄
· 한글 자모 시로 읽기 · 21 - 홀소리 ㅜ _《좋은시조》, 2019. 봄
· 한글 자모 시로 읽기 · 22 - 겹홀소리 ㅠ _《좋은시조》, 2019. 봄
· 한글 자모 시로 읽기 · 23 - 홀소리 ㅡ _《좋은시조》, 2019. 봄
· 한글 자모 시로 읽기 · 24 - 홀소리 ㅣ _《좋은시조》, 2019. 봄
· 한글 자모 시로 읽기 · 25 - 겹닿소리 ㄲ _《정형시학》, 2019. 여름
· 한글 자모 시로 읽기 · 26 - 겹닿소리 ㄸ _《정형시학》, 2019. 여름
· 한글 자모 시로 읽기 · 27 - 겹닿소리 ㅃ _《시조미학》, 2019. 가을호
· 한글 자모 시로 읽기 · 28 - 겹닿소리 ㅆ _《문장》, 2019. 가을
· 한글 자모 시로 쓰기 · 29 - 겹닿소리 ㅉ _《시조시학》, 2019. 가을호
· 한글 자모 시로 읽기 · 30 - 홀소리 ㅐ _《미네르바》, 2019. 여름
· 한글 자모 시로 읽기 · 31 - 겹홀소리 ㅒ _《대구문학》, 2019. 7월호
· 한글 자모 시로 읽기 · 32 - 홀소리 ㅔ _《도동문학》, 2019. 제4호
· 한글 자모 시로 읽기 · 33 - 겹홀소리 ㅖ _《도동문학》, 2019. 제4호

· 한글 자모 시로 읽기 · 34 - 홑소리 ㅘ _《사람의 문학》, 2019. 가을

· 한글 자모 시로 읽기 · 35 - 겹홑소리 ㅙ _《사람의 문학》, 2019. 가을

· 한글 자모 시로 읽기 · 36 - 홑소리 ㅚ _《시조시학》, 2019. 가을호

· 한글 자모 시로 읽기 · 37 - 겹홑소리 ㅝ _《문장》, 2019. 가을

· 한글 자모 시로 읽기 · 38 - 겹홑소리 ㅞ _《고령문학》, 2019. 제23집

· 한글 자모 시로 읽기 · 39 - 홑소리 ㅟ

· 한글 자모 시로 읽기 · 40 - 겹홑소리 ㅢ _《시조정신》, 2019. 가을

· 사라진 자모 시로 읽기 · 1 - 아래아 (·) _《서정과현실》 2019. 상반기

· 사라진 자모 시로 읽기 · 2 - 순경음비읍 (ㅸ) _《서정과현실》 2019. 상반기

· 사라진 자모 시로 읽기 · 3 - 된 이응 (ㆆ) _《서정과현실》, 2019. 상반기

· 사라진 자모 시로 읽기 · 4 - 반치음 (△) _《서정과현실》, 2019. 상반기

· 겹받침 글자의 풍경 · 1 - ㄳ (몫/삯) _《시조정신》, 2019. 가을

· 겹받침 글자의 풍경 · 2 - ㄵ (앉다/얹다) _《죽순문학》, 2019. 제53호

· 겹받침 글자의 풍경 · 3 - ㄶ (못지않다/마지않다) _《달성문학》, 2019. 제11집

· 겹받침 글자의 풍경 · 4 - ㄺ (읽다/늙다) _《시조시학》, 2019, 겨울호

· 겹받침 글자의 풍경 · 5 - ㄻ(젊다/닮다) _《시조시학》, 2019, 겨울호

· 겹받침 글자의 풍경 · 6 - ㄼ(넓다/얇다) _《시조시학》, 2019. 겨울호

· 겹받침 글자의 풍경 · 7 - ㄳ(곬/외곬) _《시조미학》, 2019. 겨울호

· 겹받침 글자의 풍경 · 8 - ㄾ(핥다/훑다) _《개화》, 2019. 28집

· 겹받침 글자의 풍경 · 9 - ㄿ(읊다/읊조리다) _《개화》, 2019. 28집

· 겹받침 글자의 풍경 · 10 - ㅀ(잃다/앓다) _《가람시학》, 2019. 제10호

· 겹받침 글자의 풍경 · 11 - ㅄ(값/없다) _《대구시조》, 2019. 제23호

가나다라마바사

지은이 | 문무학

1판 1쇄 발행 | 2020년 2월 20일
1판 2쇄 발행 | 2020년 6월 1일

펴낸이 | 신중현
펴낸곳 | 도서출판 학이사
출판등록 | 제25100-2005-28호

대구광역시 달서구 문화회관11안길 22-1(장동)
전화_(053) 554-3431, 3432 팩시밀리_(053) 554-3433
홈페이지_http://www.학이사.kr
이메일_hes3431@naver.com

ISBN_979-11-5854-221-4 03810

이 도서의 국립중앙도서관 출판예정도서목록(CIP)은 e-CIP 홈페이지(http://seoji.nl.go.kr)와 (http://www.nl.go.kr/kolisnet)에서 이용하실 수 있습니다.(CIP제어번호: CIP2020007298)